LETTRE
DE
MADAME DE ***.
A
MONSIEUR DE ***.

*Avec la Réponse de M. de ***. sur le Goût & le Génie, & sur l'utilité dont peuvent être les Régles.*

A PARIS,
Chez PRAULT fils, Quay de Conty, vis-à-vis la descente du Pont-neuf, à la Charité.

M. DCC. XXXVII.

Avec Approbation & Privilege du Roy.

LETTRE

DE MADAME DE***.

A MONSIEUR DE***.

JE ſuis encore toute occupée, Monſieur, du plaiſir que j'eus avant-hier chez-moi. Vous y parlâtes en Maître de l'art des beautés & des défauts de ſtile. Comme je ne ſuis pas bien ſûre d'avoir du goût, & que, s'il eſt poſſible d'en acquerir, j'ai beſoin de ceux qui en ont : à qui puis-je m'adreſſer plus ſûrement qu'à vous ? Auſſi pourquoi m'avoir laiſſé pénétrer que vous ſçaviez juger ? C'eſt un métier dont tout le monde ſe mêle, mais que peu de gens ſçavent ; parce que pour le bien faire, il faut avoir ce que vous avez ; je veux dire, un ſentiment fin & délicat, & ce qui en eſt le fruit, un diſcernement éclairé. Rappellez-vous s'il vous plaît, Monſieur, notre converſation. Il y fut queſtion d'une méchanique de ſtile, dont pluſieurs Auteurs ne ſçavent pas l'uſage que d'autre poſſedent, & dont ils tirent des grands ſecours. Dans toute la ſuite de l'entretien, j'eus plus d'une occaſion de remarquer, que vous apperceviez les nuances fines qui font la perfection d'un Ouvrage : & moi, qui juſques à préſent n'ai rien vû de tout cela, j'ai eu la témérité de me perſuader, que par votre ſecours il ne ſeroit pas impoſſible, que je puſſe parvenir à entrevoir quelque choſe, & que vos réflexions me ſerviroient de lumiere & de guide. Mais il faudroit pour cela, Monſieur, que vous priſſiez la peine de les fixer ſur le papier. Elles ſont ſi ſubtiles & ſi délicates, qu'elles peuvent aiſément échapper à ceux qui ne font que les entendre.

Oſerois-je vous demander, Monſieur, d'avoir la bonté de définir ce que vous entendez par la Méchanique du ſtile, ce que c'eſt auſſi que des Phraſes qui tombent, & d'aider mon peu de pénétration par des exemples qui m'aſſûrent, & me rendre les ſujets ſenſibles, en indiquant l'artifice par lequel on pourroit ſoutenir ces Phraſes ?

Il y a encore une autre magie dont je vous ai entendu parler, c'eſt celle de mettre deux phraſes en une, de retrancher ou d'ajoûter certaines expreſſions, pour rendre le ſtile clair & vif. Mes demandes ne finiſſent point, Monſieur ; j'ai auſſi une extrême envie que vous me découvriez les cauſes les plus ordinaires de la langueur, de la lâcheté, de l'affectation, de la péſanteur, de la dureté, de la ſéchereſſe, de la monotonie, du ſtile : quelle kyrielle ! Cependant j'aurois encore pû l'allonger ; elle ne comprend pas tous les défauts.

Je ſuis hardie à vous demander, Monſieur, parce qu'il me ſemble que quoique je vous demande beaucoup, il vous en coutera peu : ainſi accoutumez-vous, je vous prie, à mon avidité. Il y a un grand article ſur lequel vous m'avez paru extrêmement fort, c'eſt l'enchaînement des penſées, tant d'Auteurs le négligent : eſt-ce qu'il eſt ſi difficile d'unir ſes idées ? Donnez-moi, je vous prie, des exemples du ſtile ſans liaiſon, où vous me ferez voir comment les Auteurs auroient pû & dû lier leurs phraſes, & parvenir à faire ce que vous appellez un Ouvrage bien fondu.

Je croirois vous rendre peu de juſtice, Monſieur, en vous ſoupçonnant de vouloir faire les choſes à demi. J'oſe me flatter que de vous-même vous ſentirez que votre Ouvrage reſteroit imparfait, ſi vous ne me dévelopiez pas les miſteres qui conduiſent à l'agrément: & ſans doute votre complaiſance ira juſques à me donner, dans quelques morceaux de votre choix, des modeles qui me feront voir par quels termes, par quels tours, par quelle fineſſe un Auteur parvient à donner à ſon Ouvrage le degré de nobleſſe ou de naïveté, d'énergie ou de chaleur, enfin la perfection ſelon le genre. Delà il ſuit néceſſairement, Monſieur; que vous aurez auſſi la bonté de m'apprendre ce que c'eſt que de peindre avec force, avec vérité, avec grace, que vous vous divertirez à décompoſer certains morceaux, pour montrer comment ceux qui les ont arrangés ſont arrivés au beau, & ont ſçû préſenter l'objet par le côté favorable, choiſir ce qu'il y a d'aimable dans la nature, déguiſer ou ſupprimer les traits qui n'auroient pas fait une impreſſion agréable. Vous n'êtes pas diſpoſé, je crois Monſieur, à me chicanner, & à venir me dire que je paſſe des termes aux choſes; que n'aïant d'abord demandé des lumieres que ſur le ſtile, j'en cherche à preſent ſur la matiere & ſur l'œconomie même des Ouvrages. Quand j'étendrois encore davantage mon projet, loin d'appréhender des reproches, j'en attendrois des remerciemens : ce ſeroit vous fournir les moïens de faire uſage de vos richeſſes.

Je ne crains que les migraines & votre pareſſe. Il me ſemble que tous les gens ſenſibles à une volupté délicate ſont naturellement un peu pareſſeux ; mais je me raſſure par l'idée que j'ai de votre complaiſance, je la crois ſans bornes ; puiſque c'eſt une vertu qui eſt d'autant plus parfaite, que le ſentiment eſt vif & délicat.

Si je ſuis ſans inquiétude, Monſieur, par rapport à votre complaiſance, il eſt un autre point qui m'embarraſſe ; ce ſont les ſcrupules que vous m'avez montrés, quand vous avez vû que mon ſeul but, en cherchant à me donner du goût, étoit de me mettre en état de juger des Livres & même des Auteurs : vous m'avez dit que vous ne vouliez pas être complice des jugemens féveres ou malins que je pourrois porter. Mais n'y a-t'il pas une compenfation à faire ? En me mettant fur la voïe de connoître les beautés & les défauts d'un Ouvrage, les bons Auteurs gagneront autant que les mauvais perdront : & en vérité, Monfieur, la compaffion que l'on peut avoir pour ces derniers, ne doit pas fufpendre la juftice de ceux qui la rendront en votre nom. Pourquoi écrivent-ils, s'ils manquent de talens ? Je n'afpire qu'à ne me point tromper, en faifant juftice aux uns & aux autres : pourriez-vous ne pas vous prêter à des intentions auffi pures ?

Il eft étonnant, Monfieur, que les affaires les plus fimples foient environnées de tant d'épines. Pour vous conduire à ce que je fouhaite, j'ai déja été obligée de prévenir une multitude de difficultés : je les crois toutes ſurmontées ; & à préſent, j'oſe vous avouer que j'ai le malheur de deſirer vivement : ſi c'eſt un défaut, jamais il ne fut plus excuſable qu'en cette occaſion.

RÉPONSE

DE MONSIEUR DE***.

A MADAME DE***.

VOUS avez beau dire, Madame, ma paresse ne vous effraïe point, & cela est dans l'ordre; on doit vous obéïr dès que vous commandez: mais usez-vous bien de votre pouvoir? Quand, sous prétexte de vous perfectionner le goût, vous voulez que je vous découvre les causes de la pésanteur, de la dureté, de la lâcheté, de la sécheresse, & de mille autres défauts, qui, quoique moins considérables, aux yeux des Lecteurs délicats, sont pourtant des crimes, & ne déparent que trop communément un bon Ouvrage.

Encore pourrois-je me tirer d'affaire, si diſpoſant en ma faveur de ces momens de loiſir, dont ſont ſi jaloux ceux qui ont l'honneur de vous connoître, vous me permettiez d'agiter avec vous ces matieres, qui font l'objet de votre curioſité. Mon imagination animée par la vôtre en deviendroit plus belle; mon eſprit plus lumineux; je vous déroberois une partie de ce feu, qui vous rend ſi brillante: & qui ſçait ſi vous ne me fourniriez pas vous-même la partie la plus conſidérable de ce que vous demandez?

Mais que vos ordres aujourd'hui ſont cruels! Nul ſecours de votre part; vous me livrez ſans pitié à moi-même; & parce que mes réflexions, dites-vous, ſont ſi fines, qu'elles peuvent facilement échapper à ceux qui ne sont que les entendre, il faut que je les trace sur le papier ; &, ce qui est mille fois plus pénible, que je les soutienne par des exemples.

Ce n'est pas tout, rien de ce qui peut servir à l'agrément ou à la netteté du discours, n'échappe à votre avidité. Force, délicatesse, liaison d'idées, élegance dans le stile, œconomie, proportions dans les Ouvrages, que sçais-je ? Il n'est sorte de grace, si délicate, si cachée qu'elle puisse être, dont vous ne vouliez pénétrer jusqu'à la source ; &, ce qu'il y a de singulier, il faut que je vous y méne.

Que vous ai-je fait, Madame, pour me demander tant de choses si difficiles, & ce qui acheve de m'ôter le courage, tant de choses qui vous sont totalement inutiles ? Car il m'est aisé de vous le prouver par vous-même. Rapellez-vous ce qui donna lieu à la conversation, qui m'a valu la Lettre charmante, que vous m'avez fait l'honneur de m'écrire. Un Livre nouveau, & même assez bien écrit, étoit sur votre cheminée ; vous en lûtes quelques pages ; les négligences qui étoient échappées à l'Auteur vous frapperent ; la maniere dont ses idées étoient liées ne vous parût pas toujours assez naturelle ; vous demandiez une plus grande varieté dans les tours ; & comme rien ne vous coute à embellir, il vous arriva deux ou trois fois de réparer les petits desordres, que vous apperceviez dans l'Ouvrage.

Soïez de bonne foi, Madame, & rendez-nous compte des opérations sécrettes qui se passerent alors dans votre ame. A qui dûtes-vous les graces & la parure que vous donnâtes aux idées de M.

de*** ? Fût-ce à ces remarques fines & délicates, que vous êtes en habitude de faire ? fût-ce à ces régles judicieuses qu'ont établies nos Maîtres d'éloquence ? Vous n'eûtes pas le tems de les consulter. Avouez-le, votre goût vous avertit des défauts, & sur le champ votre imagination les corrigea.

Il vous sied bien après cela, Madame, de me demander cette foule de réflexions, dont l'arrangement couteroit tant à ma paresse, & dont vous devez avoir senti par vous-même toute l'inutilité : car ne vous flattez point, nous parlons, & nous écrivons tous au hazard, comme vous parlâtes dans cette conversation, qui vous fit tant d'honneur ; & le beau, que nous desirons tant, ne fut jamais le fruit de nos recherches. A l'égard de ces régles, qui, si l'on veut vous croire, le font operer; je vous déelare que je ne les connois point. S'il y en avoit, Madame, je crois que j'irois tout à l'heure les chercher au bout du monde, tant je ſuis déſolé de dépendre des caprices de mon imagination. Mais que voulez-vous? preſque toutes les qualités de notre eſprit, celles même qu'on honore le plus, ſont machinales; & j'en dirai autant, ſi vous le trouvez bon, de tous ces défauts dont vous m'avez envoïé un Mémoire ſi bien circonſtancié: auſſi-bien n'ai-je point d'autre maniere de vous en rendre raiſon.

La peſanteur (pour ne point entrer dans un détail qui vous ennuïeroit) la péſanteur, ce vilain défaut qui vous déplaît tant, n'eſt-il pas totalement méchanique? A quoi tient-il que vous ne l'aïez, à votre façon d'imaginer? mais votre façon d'imaginer elle-même, dépend-t'elle de vous ? On vous trouve toujours vive, toujours délicate, toujours legére ; pourquoi cela ? Parce qu'à tout ce que vous dites, est attaché un caractere d'agrément & de délicatesse, dont vous ne sçauriez vous défaire. Qu'au lieu d'être née avec cette imagination vive & douce qui nous enchante, vous eussiez été faite pour concevoir avec peine, pour imaginer avec lenteur ; votre façon de rendre exprimeroit vos efforts, peindroit la contrainte de votre ame : & ne doutez pas que cela ne se passât ainsi ; car vous sçavez bien que notre façon de rendre est une copie fidéle, de la maniere dont nous sommes affectés : ainsi, Madame, ne remerciez plus tant votre raison ; si vous étiez née pésante, vous le seriez ; si vous aviez été moins bien traitée de de la nature, vous auriez de la sécheresse, de la dureté, & enfin tous ces défauts, qu'ont & qu'auront toûjours les mauvais Auteurs; parce que ces défauts étant attachés à leur organisation, je ne vois pas qu'il leur soit possible de s'en corriger.

Ah! direz-vous, je vous passe tout le mal que vous dites des Ecrivains secs, des pésans, des plats, des durs: mais faites grace pour l'amour de moi, à de certaines langueurs où tombent quelquefois les grands génies. Il y auroit de la barbarie à ne les leur pas pardonner. L'imagination la plus belle ne sçauroit avoir une allure également vigoureuse; il faut qu'épuisée dans sa course, elle laisse des traces de sa foiblesse; & de-là viennent ces négligences qui gâtent quelquefois leurs Ouvrages: mais du moins il n'y a pas là de méchanisme, & vous m'avouerez qu'il y a un reméde pour ces sortes de fautes.

Je n'en sçais rien, Madame, il est bien vrai que le feu de la composition passé, ces Messieurs peuvent se remettre à leur Ouvrage, en étudier avec séverité les défauts, & même les corriger, s'ils ont le bonheur de les découvrir: mais faites attention que pour revenir sur eux avec succès, pour sentir les fautes que l'ardeur du génie leur a fait commettre, il faut qu'avec du génie ils aïent du goût: & vous ne devez pas ignorer combien une pareille union est rare. D'ailleurs songez que ces gens de génie dont vous parlez, revenant sur leur Ouvrage & y revenant à *froid*, comme il convient d'y être, pour en sentir les défauts, ne sçauroient plus, par-là même qu'ils sont froids, attraper ces tours vifs, ces expreſſions hardies, qui font l'accord & l'harmonie d'un Ouvrage conçû dans le tranſport, & exécuté dans la chaleur. Que ſi vous répliquez qu'avec les talens, que je leur ſuppoſe, ils doivent avoir celui de ſe mettre en mouvement quand le beſoin le requiert : je vous répondrai qu'il y a grande apparence qu'ils s'y mettront trop, ou qu'ils ne s'y mettront point aſſez ; que ce dégré précis de fermentation, où étoit leur ſang dans le beau tems de leur compoſition, n'eſt pas à leur ordre ; qu'il eſt bien difficile que leur imagination, en rattrapant de bons momens, les rattrappe de la même eſpece : & qu'ainſi vous ne devez pas trop attendre d'eux ce beau ſoutenu, ce ton unique, cette chaleur continue, qui aſſûre un Auteur de l'immortalité; parce qu'elle met la perfection à ſon Ouvrage.

En voilà de reste, pour vous convaincre, que les opérations de notre esprit, même celles qui ont l'air d'être les plus libres, ont néanmoins le malheur d'être méchaniques, aussi-bien que le beau qui en résulte : & si cela est, qu'esperez-vous des observations que vous me demandez ? Puis-je les faire agir phisiquement sur votre imagination, leur donner un principe d'activité qu'elles n'ont pas ? Et quand je leur donnerois tous ces beaux priviléges, qu'y gagneriez-vous, Madame ? Les loix de la Littérature ont le défaut des loix de la Jurisprudence, elles sont trop vagues, trop générales ; & leur grande généralité leur ôteroit les trois quarts de leur effet, si elles étoient faites pour en avoir. Combien de choses avec cela qui ne sont point du ressort des régles ? En a-t'on pour le mot propre ?

mot dont le beſoin ſe fait ſentir à tous les momens. En a-t'on pour la liaiſon, pour l'enchaînement des idées, pour ces tranſitions fines, qui ſont le ſublime de l'art? Je ſçais bien que vous avez à répondre qu'on en a de ſenſibles, de palpables, qui ſont entre les mains de tout le monde, & dont il y a moïen de faire uſage : mais celles-là toutes ſeules bien obſervées, que produiront-elles ? des Ouvrages à faire périr d'ennui. A l'égard des délicates, c'eſt folie de compter ſur leur utilité. Qu'on ait, par exemple, un récit à faire, croïez-vous qu'on ſoit bien avancé d'avoir lû dans Horace, qu'il faut courir au plus vite à l'évenement ? S'il y a mille cas où il y faut courir, il y en a mille autres où la bonne grace demande qu'on s'arrête. Les régles ſpécifieront-elles ces différens cas ? je les en défie. Il y en a tant, qu'à peine en trouvera-t'on deux qui se ressemblent parfaitement : & sur ce pied-là, que deviennent, je vous prie, vos régles ?

Il vous reste à dire (& vous n'êtes pas tout-à-fait hors de combat) il vous reste à dire, Madame, que s'il n'y a point de profit à espérer de certaines régles, parce qu'elles sont trop délicates, il y en a du moins & même beaucoup, qui sont utiles : qu'elles enseignent le chemin, & l'enseignent toujours bon : qu'elles sont admirables, pour réprimer les saillies, pour modérer les fougues, pour régler le libertinage de l'imagination : qu'un homme de génie, qui s'est égaré, n'a qu'à les consulter, le voilà sur le moment remis dans la bonne route : que bien saisies & bien digérées, elles cultivent le goût : qu'enfin il y a telle régle, qui, présentée nettement & d'une maniere sensible, peut conttibuer considérablement à la perfection du goût. Tout cela est vrai, Madame, il est sûr qu'un homme de génie peut tirer du profit des régles; mais pour cela il faut, s'il vous plaît, qu'il ne manque point absolument de goût. Il est sûr aussi que les régles bien digérées, peuvent donner au goût plus de finesse & plus de sûreté qu'il n'en auroit eu; mais pour les bien digérer, ne faut-il pas avoir déja du goût? n'en faut-il pas encore, & même davantage, pour faire de ces régles une application juste & convenable? Quant à ce que vous dites qu'il y a telle régle, qui, présentée nettement & d'une maniere sensible, seroit admirable pour développer le goût de quelqu'un à qui on l'exposeroit, il n'y a pas moïen de vous le disputer : mais songez que pour développer le goût de quelqu'un, il faut que ce quelqu'un là en aïe ; qu'ainsi tout ressortit du goût, & qu'enfin sans lui, il n'y a nul secours à espérer des régles.

Disons-le donc, & disons-le sans détour, il n'y a que le goût, encore le veux-je exquis & raisonnablement cultivé, qui, de concert avec le génie, puisse opérer les belles choses. Joignez-y, si vous voulez, ces observations délicates que vous aimez tant, j'y consens, & ne croïez point que je déroge par-là à mes principes : car prenez garde que pour faire ou pour aimer ces observations, il est nécessaire, comme je viens de vous le dire, d'avoir du goût ; que par conséquent, c'est chercher en quelque façon ce qu'on avoit déja ; & qu'à proprement parler, se plaire à ces observations, c'est donner

donner acte qu'on a du goût, & qu'on veut à toute force l'étendre encore & le perfectionner.

Il y a un moïen plus sûr de faire prendre à l'esprit un noble & bel effort, de lui donner de hautes conceptions, de les lui faire exposer d'une maniere grande & magnifique ; & je l'enseignerois à un galant homme, qui se sentiroit du génie, & qui dans le siécle de barbarie où nous entrons, auroit la force d'en faire usage. *Lisez & relisez*, lui dirois-je, *les excellens modelles, digerez-les bien. C'est-là que nourri de leur substance, que devenu ennemi du fard, vous apprendrez à dédaigner ces feux d'aujourd'hui, ces feux de paille, dont il ne reste de durable que la honte d'en avoir été ébloui. Vous avez mieux à espérer encore ; soutenu par l'exemple, animé du feu de ces grands hommes, plein des merveilles que vous aurez vûës dans leurs*

Ecrits, le beau coulera de lui-même de votre imagination ; rien ne s'offrira à elle qui ne soit digne d'eux ; rien qu'ils voulussent desavoüer ; & fort de ce que vous leur aurez pris, vous en viendrez peut-être à les égaler.

Voilà, Madame, ce que je lui conseillerois ; & je suis sûr qu'il s'en trouveroit mieux que de vos régles : car je n'ai pas encore songé à vous le dire, vos régles, avec plusieurs défauts, ont celui d'être exprimées presque toûjours avec sécheresse, & de porter à l'ame une froideur insupportable. Il n'en est pas ainsi des bons modéles ; l'air de vie qui les anime éveille nos puissances, met en mouvement notre imagination, y fait éclore le beau, qui y auroit péri faute de chaleur : car, Madame, ne nous faisons point illusion, il nous faut de la chaleur ; & celle qui produit & qui enfante, la belle en un mot, vous devez ſçavoir que ce n'eſt pas nous ordinairement qui nous la donnons.

Un autre bien que vous devez attendre des grands modéles, le voici : c'eſt que, ſi les régles n'y ſont pas marquées, elles ne laiſſent pas pour cela d'y être, & elles y ſont ſi bien, que pour peu qu'on ait de goût & que frappé du beau, on aime à ſçavoir ce qui le produit, il eſt fort poſſible qu'on le découvre, & qu'on ſoit même en état d'en faire part aux autres. J'ai lû quelque part qu'Horace avoit tiré ſon Art Poëtique de ce qu'avoient dit avant lui Criton, Démocrite, Neoptoléme de Paros. Je le crois, puiſqu'on le dit; mais je ſoutiens qu'Horace auroit fort bien fait ſon Art Poëtique, ſans le ſecours de perſonne : il n'avoit pour cela qu'à méditer ſur ſes Odes & ſur ſes Satires. La partie la plus considérable des régles qu'il a données y est observée ; il ne lui auroit fallu, ce qui étoit bien aisé, que les réduire en préceptes : le reste, n'étoit-il pas le maître de le prendre dans les bons modéles ? & de faire comme Aristote, qui a formé les régles du Poëme Epique sur l'Iliade, & celles de la Tragédie, sur ce qui l'avoit remué lui & les Atheniens dans les Tragédies de Sophocle & d'Euripide. Vous même, Madame, qui me demandez tout cet attirail d'observations, vous en tireriez d'excellentes de la Lettre que vous m'avez fait l'honneur de m'écrire. Les régles en sortiroient d'elles-mêmes au plus petit effort de méditation que vous feriez. Et pourquoi, s'il vous plaît, ne nous en donneriez vous pas ? les plus grands hommes n'ont point rougi de nous en donner.

Le Précepteur d'Alexandre n'auroit peut-etre pas donné cette belle Rhétorique qu'il nous a laissée, pour une demi-douzaine des batailles qu'avoit gagnées son éleve ; & je suis sûr que Cicéron se trouvoit plus honoré dans le fond de son ame d'avoir analysé à sa fantaisie deux ou trois cens Orateurs dans son livre des Orateurs illustres, que d'avoir subjugué cent fois les Maîtres de la terre par son éloquence.

A dire de belles choses, on s'attire l'admiration des autres ; mais quand on songe au peu qu'on met du sien pour les dire, il n'est pas sûr qu'on ait la sienne. Il semble que la sorte d'esprit qui sçait connoître le beau, qui le sçait apprécier est plus à soi ; on en est plus flatté, & l'on a un peu plus de raison de l'être : ainsi, Madame, vous n'en serez pas quitte pour ces saillies charmantes qui vous viennent à tous les momens, elles vous coutent trop peu. Mettez-vous au plus vite à nous donner des analyses, elles ont toujours fait les délices des esprits du premier ordre, ou pour mieux dire de vos pareilles. C'étoit un des plus doux amusemens de Madame De la Fayette. Madame la Duchesse de Lesdiguieres ne cessoit d'importuner le Chevalier de Meré pour en avoir; & il ne lui arrivoit guéres de lui en demander, qu'elle ne se mêlât d'en faire elle-même. Mais, pour en revenir à l'état de notre question, gardez-vous de croire que ces deux Dames, en cherchant avec tant de soin les causes des agrémens, comptassent en écrire mieux. Elles écrivoient bien, parce qu'elles étoient nées pour bien écrire, & avoient sur cela fort peu d'obligation aux régles. Ce qui m'en assûre, c'est que le Chevalier de Meré, le plus grand faiseur d'Analyses de son tems, & qui se tuoit de recommander à Madame de Lesdiguieres d'avoir l'esprit facile, l'avoit quelquefois lui-même si étudié, que Ménage son ami, se crut un jour obligé de lui mander, qu'*entre plusieurs personnes qui admiroient ses Lettres, il y en avoit quelques unes qui trouvoient de l'esprit & de la recherche, jusques dans celles qu'il écrivoit à son Procureur.* Cependant le Chevalier de Meré avoit de l'esprit; il étoit avec cela homme du monde; personne ne sentoit mieux que lui la grace que l'aisance & la liberté mettent dans le stile: qui l'empêchoit donc d'être naturel, lui qui avoit tant d'envie de l'être? C'est que le goût, Madame, en apprenant ce qu'il faut faire, ne donne pas la maniere de faire. Aussi me souviens je de vous avoir souvent entendu dire, qu'avec du goût tout seul, il falloit, quand on étoit sage, se bien garder d'écrire. J'ajoute moi, qu'avec de l'imagination & même de l'esprit, on feroit fort bien aussi de se tenir en repos, quand on a le malheur de n'avoir pas de goût ; parce que si le goût, lorsqu'on en a, peut s'étendre & se perfectionner, il est fort vraisemblable que lorsqu'on n'en a point du tout, c'est qu'on n'est pas fait pour en avoir ; & qu'alors on travaille inutilement pour en acquerir.

Il me vient une objection, Madame ; vous auriez peut être la malice de me la faire ; ainsi je crois que je ferai sagement de la prévenir. Horace & Cicéron, qu'on ne peut soupçonner d'avoir eu un culte superstitieux pour les régles, ont pris tous deux, direz-vous, le parti de l'art : l'un dit, qu'*il ne voit point ce que peut le naturel, sans le secours de l'art* : l'autre à ce qu'on dit, prétend *que l'art est plus sûr que la nature.* Or, continuerez-vous, l'art n'est autre chose que l'amas des préceptes, l'assemblage des régles ; donc il est fort mal à vous d'ôter aux régles un honneur dont elles sont en possession ; je veux dire, celui d'opérer le beau, ou du moins d'aider considérablement à sa production. Je n'ai qu'un mot à répondre à votre objection, Madame : il est vrai qu'Horace & Cicéron ont tous deux vanté l'art ; ils en ont trop mis dans leurs Ouvrages pour n'en pas faire l'éloge : mais je vous crois trop raisonnable pour abuser des termes. Avoir de l'art, n'est point certainement faire une attention continue aux régles ; attention qui refroidiroit l'imagination, éteindroit le génie, en dissiperoit les forces : ce n'est pas non plus ignorer les régles ; & je trouve fort bon qu'on s'instruise de toutes, même de celles, qui par leur finesse, sont hors de la portée de la multitude ; mais je dis que ce n'est nullement à l'assemblage des régles qu'ont pensé Horace & Ciront, quand ils ont vanté l'art.

Commençons par Cicéron. Il dit (*a*), & vous pouvez vous assûrer qu'il ne dit que cela, car je vais le traduire exactement : il dit, *que quoique des gens nés avec un beau naturel soient quelquefois fort éloquens, ils le seroient cependant davantage s'ils avoieut le goût & l'esprit cultivé.* Quant à Horace, vous allez tout à l'heure vous convaincre par lui-même, qu'en parlant de l'art, il n'a pas plus voulu par-

(*a*) Dans son enrretien sur les vrais biens & sur les vrais maux.

ler des régles que Ciceron. *Nous avons*, dit-il dans son Art Poëtique, *nous avons un malheur nous autres Poëtes, l'apparence du bien nous trompe presque toujours : moi, par exemple, je veux être court, je deviens obscur ; un autre veut polir son Ouvrage, il en ôte le feu, lui fait perdre sa force ; celui-ci veut être sublime, il est enflé ; celui-là plus prudent craint de s'égarer dans les airs : mais à peine s'éleve-t'il de terre, il rampe ; il en est de même d'un autre, il craint une uniformité qui dépareroit son sujet, il veut le varier, l'embellir par un peu de merveilleux : que fait-il ? Il met des Dauphins sur le haut des arbres, & des Sangliers au milieu des flots. Enfin*, continue Horace, *on diroit que c'est une espece de nécessité de tomber dans un défaut toutes les fois qu'on en veut éviter un autre ; du moins est-il sûr qu'on y tombera, si l'on n'est soutenu par beaucoup d'art.* Je demande, Madame, ſi en interprétant art par aſſemblage de régles, il y a moïen d'entendre Horace? Mais voulez vous lui trouver ſa juſteſſe & ſa netteté ordinaire? Au terme d'art, ſubſtituez celui de goût, terme qui de ſon tems n'étoit pas connu. Rien alors de plus net, de plus judicieux, de plus beau, que ce que dit Horace. Je le dis donc hardiment, & je compte le dire après lui, il n'y a que ce ſentiment qui nous a été plus ou moins donné à tous, pour diſtinguer ce qui eſt convenable d'avec ce qui ne l'eſt point; cet inſtinct plus ſûr que la raiſon, le goût, pour tout dire, qui puiſſe, ſelon le précepte d'Horace, varier un ſujet ſans donner atteinte à ſon uniformité; polir un Ouvrage ſans le refroidir; attrapper juſte cette préciſion, qui pouſſée un peu plus loin, iroit à l'obſcurité ; démêler le ſublime du guindé ; le ſimple du bas & du rampant. Le mot d'art, Madame, qui doit vous embarraſſer, eſt un des mots de notre Langue, dont la ſignification eſt la moins préciſe. On dit quelquefois qu'un Livre ſent trop l'art ; art alors veut dire étude, contrainte, & par conſéquent manque de naturel. On dit auſſi d'un Roman, dont les évenemens ſont bien préparés, les ſituations ménagées avec adreſſe, les paſſions filées ce qu'elles doivent l'être ; on dit en pareil cas d'un Roman, qu'il eſt écrit avec bien de l'art ; art alors ſe prend pour goût ; du moins n'eſt-ce que pour cela qu'on doit le prendre. Pour moi, Madame, qui connois Horace, qui ne ſçaurois lui faire l'injuſtice de croire qu'il a parlé de travers, je ſoutiendrai toujours que par art, il a entendu ce que nous entendons aujourd'hui par goût. Ce qu'il y a de sûr, c'est que ce goût, dont je vous parle, a fait tout ce qu'il y a de beau dans le monde. Du moins le beau pour peu qu'il soit continu, ne s'est il jamais fait sans lui. Par lui l'on apperçoit l'intervalle du médiocre au bon ; du bon au beau ; par lui l'on distingue dans ce beau un million de nuances qui vont à l'infini. C'est lui qui fait que peu content du bon, on aspire au meilleur ; c'est par son secours, par ses conseils, disons mieux, par ses chicannes, qu'à force de tems, de soin & de travail, on trouve à ses idées la place qui les met en état de produire le plus bel effet dont elles sont capables. C'est lui, qui après les avoir assorties les unes aux autres, y assortit les tours, qui forme & lie un tout par d'heureuses & d'inviſibles chaînes ; c'eſt lui qui combine le ſolide avec le gracieux, qui tâche autant qu'Il peut de les faire aller enſemble ; c'eſt lui enfin, qui, quand la choſe n'eſt pas poſſible, donne le courage de ſacrifier l'un, pour tirer quand la matiere l'exige, meilleur parti de l'autre ; & c'eſt avec votre permiſſion, Madame, ce que les régles n'apprendront à faire à perſonne, à moins qu'elles ne ſoient ſoutenues d'un beau génie & d'un goût exquis : & alors l'honneur du beau reviendra au goût & au génie, & jamais aux régles ; parce que, ſans compter les raiſons que je vous en ai déja données, le goût & le génie ont fait de belles choſes avant que les régles fuſſent établies, & que ce n'eſt que ſur ce qu'ils ont fait enſemble & à frais communs, qu'elles ont été faites.

Il me reſte, après avoir un peu

médit des régles, à vous faire voir leur utilité. & c'est ici que je compte me racommoder avec vous.

Il est impossible que vous ne l'aïez remarqué, Madame, les hommes aiment prodigieusement à disputer; & c'est un des grands gains qu'ils font à n'être pas raisonnables. Ce sont sur-tout les matieres de goût qui les amusent; parce que ce sont elles qui fournissent le plus à leurs disputes. Il est étonnant à quel point ils sentent quelquefois differemment les uns des autres. Celui-ci trouve une chose bonne, elle ne paroît que supportable à celui-là; un autre dit tout net qu'elle est mauvaise, & sur cela grande contestation, car chacun veut avoir raison. Or les régles en pareil cas vuident quelquefois assez bien les differens. Quelqu'un, par exemple, dira

dira que les Fables de M. de la Motte valent mieux que celles de la Fontaine, il est indubitable que je lui répondrai, que celles de la Fontaine sont meilleures; mais qui nous jugera? Je n'aurai que mon impression à opposer à la sienne, nous voilà à but, partant rien de décidé : que faire alors? J'irai chercher dans les régles les qualités qu'on demande à la Fable : j'y verrai qu'il faut que le recit d'une Fable soit court, qu'il faut encore qu'il soit naïf, que le stile en doit être simple, familier, égal; enfin j'y trouverai toutes les qualités qui ne sont point dans les Fables de M. de la Motte : cela fait, j'aurai raison de mon adversaire; & si son obstination me refuse le triomphe; les auditeurs du moins m'ajugeront le prix de la victoire. Voilà, Madame, l'obligation que j'aurois, &

que tout autre que moi en pareil cas peut avoir aux régles, ou à ce qu'on appelle discussion: mais n'en déplaise aux partisans de la discussion, quelque bonne qu'elle soit en elle-même, on court risque de lui donner trop d'étendue ; & il n'est pas sage de s'y fier toujours. Car enfin, un Ouvrage pourroit être approuvé & déclaré bon au tribunal de la discussion, sans mériter grande considération ; & cela, parce que la discussion ne peut juger que des masses principales d'un Ouvrage. Or, les masses principales d'un Ouvrage peuvent être fort bonnes, & l'Ouvrage fort médiocre. Ce qui le rend excellent n'est pas la conformité de ses grosses masses avec les régles établies, cela ne pourroit que l'empêcher d'être absolument mauvais. Son excellence vient d'ailleurs, elle vient d'un beau, que content de ſentir on doit renoncer à connoître, d'un beau qui ſort à tous momens, & ſort de mille & mille endroits : elle vient d'une infinité de petits riens, plus charmans les uns que les autres, mais ſi fins, ſi délicats, qu'il eſt impoſſible de les manier : & ce ſont ces riens-là qu'on a aujourd'hui la manie de ſoumettre à la diſcuſſion. Je l'ai déja dit, & l'on m'en a grondé; mais ſi j'en trouve l'occaſion, je ne laiſſerai pas de prendre la liberté de le dire encore : nous faiſons trop les raiſonneurs, & ce qu'il y a de ſingulier, nous le faiſons toujours hors de propos. Timides & ſottement circonſpects, nous n'oſons porter notre raiſon ſur je ne ſçais combien de matieres, qui ſont de ſa compétance ; & pour qu'il ſoit dit que nous en faiſons quelque choſe, nous l'emploïons à des matieres, qui la deshonorent & nous aussi : & voilà le beau profit que nous tirons d'elle. Mais que sçait-on ? c'est peut-être là l'usage qu'il est établi que nous ferions de nos facultés.

Me voilà arrivé à la grande utilité des régles ; & je voudrois bien qu'il fut possible de vous la faire sentir, sans vous ennuïer : mais il me faudra remonter à l'établissement des régles, entrer dans les raisons qu'on a eûes de distinguer les genres ; & je prévois que tout cela ne sera pas agréable.

Monsieur de Pouilly nous a dit dernierement dans le beau morceau qu'il nous a donné, qu'à l'exercice de nos facultés naturelles étoit attaché un plaisir qui ne nous manquoit jamais. Il a raison ; c'est par-là qu'un jeune homme plein de santé & de vigueur se plaît aux jeux d'exercice, aime la chaſſe, reſpire la guerre, ſe livre avec joie à tout ce qui lui fait faire eſſai de ſes forces; & ſouffriroit en conſéquence beaucoup, s'il ne lui étoit pas permis d'en faire uſage. Il en eſt préciſément de même d'un homme de genie. Né pour exercer ſes puiſſances, ſa vigueur, quand elle eſt oiſive, l'embaraſſe. Son génie, s'il le retient, ne lui donne point de ceſſe qu'il ne l'ait laiſſé éclore; il faut enfin qu'il lui céde, parce qu'il y a un grand plaiſir à ſe rendre, ſur-tout lorſqu'on en a grande envie. Vous ne ſçavez pas cela, Madame, mais quantité de jolies femmes, qui ne ſont pas ſi raiſonnables que vous, vous en rendront bon compte quand vous voudrez. Je dis donc, pour en venir à l'établiſſement des régles, qu'il ſe trouva autrefois comme il s'en trouve encore aujourd'hui, des gens de génie qui ſuivirent leur vocation, s'abandonnerent à l'impulſion de la nature, & donnerent des Ouvrages tels que le génie, quand il eſt dans toute ſa force, en ſçait donner. Je vous laiſſe à juger combien on fut touché de ces beautés. On ſe vit frappé par mille endroits par où on ne ſe croïoit pas ſenſible. Enfin l'on admira beaucoup, & l'on admira d'autant plus, qu'on n'avoit encore rien vû de pareil. Mais quand on eut bien admiré, voici ce qui arriva : comme les grands génies étoient occupés à produire le beau, il y eut des gens qui n'aïant peut-être pas comme eux, le talent de le créér, avoient celui de le ſentir, & de le bien connoître. Que firent ceux-là? ils recueillirent les endroits, qui les avoient frappés en bien ou en mal; eux & leurs confreres, firent deſſus leurs obſervations, & les obſervations bien & dûement faites, ils établirent des régles.

J'ai oublié de vous dire, Madame, que ces gens de génie, dont je vous ai parlé en premier lieu, ne s'appliquerent pas tous au même genre d'écrire. L'un, né avec une imagination bouillante & impétueuſe, fit des Ouvrages conformes à ſon caractere ; l'autre, dominé par des paſſions douces & tendres, ſe livra à ſon penchant, travailla dans le voluptueux ; d'autres, aïant des goûts mixtes, donnerent des Ouvrages mixtes : enfin preſque tous les genres ſe trouverent entamés, ce qui fut d'une grande commodité pour les faiſeurs d'obſervations : car les beaux génies étant, par leur qualité de beaux génies, obligés d'avoir du goût, & les ſéparations des genres ſe trouvant en conſéquence marquées juſte dans leurs Ouvrages, les observateurs purent commodement & en toute sûreté, travailler d'après eux : & ce qui devoit encourager encore les faiseurs de régles, c'étoit l'infaillibilité de leurs remarques. Elles n'étoient qu'un rapport fidéle, qu'un extrait des impressions qui avouées de tout le monde & aïant été généralement reçûes, ne pouvoient point être fautives.

Voilà, Madame, comment se sont établies les régles. A l'égard de leur utilité, vous la devez deviner vous-même, elles servent à fixer & à constater le goût, ce qui (volages & amoureux de la nouveauté comme nous le sommes) doit nous les rendre extrêmement importantes. Je ne dis pas néanmoins, (car vous sçavez que je ne suis pas extrême) je ne dis pas néanmoins qu'il faille nous y assujettir en écoliers ou en pédans. Et sur

ſur cela il y a réellement des complimens à nous faire ; car voici comme nous nous comportâmes à la renaiſſance des Belles-Lettres. Nous commençâmes par raſſembler les régles établies par les Grecs, & ſuivies par les Romains; nous nous y aſſujetîmes tant que nous pûmes ; mais comme nos mœurs n'étoient pas tout-à-fait celles des Grecs & des Romains, il n'y eut pas moïen de ſuivre toujours la loi à la lettre. La galanterie, par exemple, aïant paſſé des Eſpagnols chez nous, & s'y étant perfectionnée, il fallut ajuſter les régles à nos mœurs, créer des genres nouveaux, ajoûter à ceux qui étoient déja établis ; & c'eſt ce que nous fîmes. De-là la délicateſſe introduite dans nos Eglogues ; de-là l'invention des grands & des petits Romans ; de-là l'entrée que nous avons donnée à l'amour dans la Tragédie : mais comment nous y sommes-nous pris ? avec toute la sagesse imaginable. Nous avons voulu des Eglogues un peu plus délicates ; mais nous les avons toujours demandées simples & naturelles. Nos grands Romans sont, pour ainsi dire, un genre nouveau ; mais nous les avons bâtis sur les fondemens du Poëme Epique. A la réserve du merveilleux qui n'y est pas le même, & de l'amour qui, d'accessoire qu'il étoit dans le Poëme, est dans le Roman devenu le principal, ce sont presque de vrais Poëmes Epiques. Quant aux petits Romans, lorsqu'ils sont bien faits, on les trouve construits sur toutes ces belles régles de goût qui sont dans Horace & dans Quintilien ; & laissant à part si l'on a eu raison de faire entrer l'amour dans la Tragédie, je demande s'il pouvoit être uni aux anciens ressorts de la Tragédie avec plus d'art, plus de convenance & plus de sagesse, qu'il l'a été dans le siécle passé par Corneille & par Racine.

Il résulte, Madame, de ma petite Histoire de l'établissement des régles, & de la maniere dont on s'y est prêté depuis la renaissance des Belles-Lettres, qu'on s'est toujours fait honneur en France de s'y soumettre. Il est vrai, & je ne vous l'ai point dissimulé, on s'est quelquefois élevé au-dessus d'elles ; mais que les Pédans de l'antiquité (car malgré l'admiration que j'ai pour elle, je conviens qu'elle en a fait & qu'elle en fait encore) mais que les Pédans de l'antiquité en disent ce qu'ils voudront ; ajoûter au genre qu'on traite & l'embellir ; donner de nouvelles richesses à l'art ; entrer dans les vûes des Législateurs ; faire plier doucement & toujours à propos les régles, ce n'est pas là s'écarter d'elles. Hé mon Dieu ! Madame, nous serions bien heureux si l'on en faisoit encore autant ; & je voudrois bien qu'on eût encore de pareils reproches à nous faire ; mais hélas ! quelle difference du siécle que je viens de vous vanter au nôtre ! Au lieu d'enrichir l'art, on ne songe aujourd'hui qu'à le défigurer ; on heurte de front les régles, on dénature les genres ; ce n'est que fard, faux brillant, parure artificielle ; plus de simplicité, plus de beau feu, plus d'harmonie dans nos discours ; & si l'on excepte un petit nombre d'Auteurs qui se roidissent contre le mauvais goût, on diroit que les autres se sont ligués pour nous désoler, par la foule des beautés déplacées dont ils nous accablent. Vous m'allez demander pourquoi des gens que vous estimez, & que j'estime aussi, des gens qui ont de l'esprit, quelquefois même du génie, donnent dans de pareils égaremens, se livrent à de si étranges singularités ? Il y a mille choses à vous répondre, Madame ; mais je n'ai que le tems de vous dire celle-ci : à être singulier il y a deux gains considérables à faire. Premierement, sûr de ne rencontrer personne en son chemin, on n'a personne à éviter, ce qui est un grand bien pour la paresse. En second lieu, (& c'est cela qui est charmant pour la vanité) on est presque assûré de réussir. Il est tout autrement incommode de travailler sur des patrons reçûs, il faut alors non-seulement s'écarter des routes, par où ont passé nos prédécesseurs, il faut encore (ce qui n'eſt pas facile) faire mieux qu'eux ; car comptez qu'en faiſant auſſi-bien, on paſſeroit pour avoir fait plus mal. Il n'y a donc point de difficulté, Madame, il faut être *nouveau* ; on eſt ſûr du moins d'un ſuccès paſſager. Quant à la poſtérité, que vous dites qu'il ne faut jamais perdre de vûe, pourquoi voulez-vous que nous nous en mettions en peine ? Notre récolte n'eſt-elle pas faite quand nous avons affaire à elle ? Et voilà de belles chiméres à propoſer à des Philoſophes.

Vous n'aurez plus rien, Madame, ſur les régles ; je vous ai aſſez ennuïée à vous parler d'elles. Il me reſte à vous demander de la diſcrétion ; & de grace ne me la refuſez pas, vous me brouilleriez ſûrement avec les hommes. Je les connois ces hommes, avec qui je vous prie de ne me point commettre. Nés ardens, ou toujours prêts à le devenir, ils ne ſe trouvent bien qu'aux extrêmités : eſſaïer de les tirer de là, vouloir les ramener à un milieu raiſonnable, c'eſt leur jouer un tour qu'ils ne feront pas d'humeur à me pardonner : car, diront les Pédans & les rigides Obſervateurs des régles, cet homme là eſt ridicule. La loi eſt ſi ſage, que pour peu qu'on y touche, c'eſt toujours un crime d'y toucher. Les novateurs crieront de leur côté, trouveront mauvais mon zéle pour les régles, & ne me paſſeront point les petites réprimandes, que j'ai la prudence néanmoins de ne leur faire qu'en nom collectif; car je déclare ici que je ne veux fâcher perſonne. Hé ! que m'importe à moi que ces Meſſieurs aïent du goût ou qu'ils n'en aïent point; qu'ils écrivent bien ou mal, qu'ils acquérent aujourd'hui une réputation qu'on leur ôtera demain, ou que poussant plus loin la séduction, ils survivent de quelques semaines à leur gloire?

Quant aux reproches, que vous avez à me faire, sur ce que je ne vous ai pas répondu exactement, je vous dirai, que je m'en suis tenu pour vous répondre à quelques articles de votre Lettre; & c'est un tour que ma raison & ma paresse m'ont toutes deux conseillé de prendre. Car enfin, c'étoit un Livre que vous demandiez, un gros Livre, une Rhétorique complette. D'ailleurs, il eût été beau que j'eusse eu l'audace de traiter à fond une matiere qui a fait frémir jusqu'ici Messieurs de l'Académie Françoise, & qu'ils ont crue toujours au-dessus de leurs forces.

Ne me demandez donc plus

rien, Madame ; je ne me mêle presque plus ni de penser, ni d'écrire : occupé à la maniere des anciens Patriarches, mes chevaux fendent actuellement les guerets, mes moutons paissent dans la prairie : nul soin dans ces beaux lieux ne m'importune, aucune espece d'inquiétude ne me tourmente : & si quelqu'un pouvoit m'ôter les migraines qui me désolent, je ne changerois pas ma condition contre celle du premier Prince du monde. Vous ne me comprenez pas, Madame ; emportée comme les autres dans le tourbillon des passions tumultueuses, les douces vous paroissent fades. Vous en jugeriez autrement, si vous aviez été dans nos Bocages. Venez donc, si vous m'en croïez, y prendre de nouveaux goûts : venez me joindre dans ma solitude. Les Déesses n'ont pas dédaigné d'habiter les Campagnes; venez-y voir lever l'Aurore, vous ne l'aurez jamais vûe si belle. Les Oiseaux dans nos cantons chantent mieux qu'en aucun endroit du monde. Les Ruisseaux y ont le murmure plus agréable : & si dans nos Vallons on ne trouve point les chemins qui ménent à la fortune, qu'importe à qui ne les cherche point? Et ne suffit-il pas qu'au lieu de ces faux biens qu'on appelle grandeurs, on y trouve cette joïe pure, qui fuit les Cours, & que je ne vois pas même qn'on connoisse beaucoup dans les Villes? Mais le goût de la Bergerie m'emporte; & je devois m'appercevoir il y a long-tems que ma Lettre passe les bornes ordinaires d'une Lettre. Je finis donc, Madame, en vous assûrant que je suis avec respect,

Votre très-humble
& très-obéïssant serviteur.

APPROBATION.

J'AI lû par ordre de Monſeigneur le Garde des Sceaux, un manuſcrit intitulé *Lettre de Madame*** à M.**** Fait à Paris le cinq Février 1737. FERNEX.

PRIVILEGE DU ROY.

LOUIS par la grace de Dieu, Roi de France & de Navarre : à nos amez & feaux Conſeillers les Gens tenans nos Cours de Parlement, Maîtres des Requêtes ordinaires de notre Hôtel, Grand Conſeil, Prévôt de Paris, Baillifs, Sénéchaux, leurs Lieutenans Civils, & autres nos Juſticiers qu'il appartiendra, SALUT. Notre bien amé *** Nous ayant fait ſupplier de lui accorder nos Lettres de Permiſſion pour l'impreſſion d'un Manuſcrit qui a pour titre *Lettre de Madame de *** à M. de **** offrant pour cet effet de le faire imprimer en bon papier & beaux caracteres, ſuivant la feuille imprimeé & attachée pour modéle ſous le Contreſcel des Préſentes : Nous lui avons permis & permettons par ces Préſentes, de faire imprimer ledit Livre ci-deſſus ſpécifié, conjointement ou ſéparément, & autant de fois que bon lui ſemblera, & de le vendre, faire vendre & débiter par tout notre Royaume pendant le tems de trois années conſécutives, à compter du jour de la date desdites Présentes. Faisons défenses à tous Libraires Imprimeurs & autres personnes de quelque qualité & condition qu'elles soient d'en introduire d'impression étrangere dans aucun lieu de notre obéissance; A la charge que ces Présentes seront enregistrées tout au long sur le Régistre de la Communauté des Imprimeurs & Libraires de Paris dans trois mois de la date d'icelles; que l'impression de ce Livre sera faite dans notre Royaume, & non ailleurs, & que l'Impétrant se conformera en tout aux Reglemens de la Librairie, & notamment à celui du dix Avril 1725. & qu'avant que de l'exposer en vente, le manuscrit ou imprimé qui aura servi de copie à l'impression dudit Livre, sera remis dans le même état où l'Approbation y aura été donnée, ès mains de notre très-cher & féal Chevalier Garde des Sceaux de France, le Sr CHAUVELIN, Commandeur de nos Ordres, & qu'il en sera remis deux exemplaires dans notre Bibliotheque publique, un dans celle de notre Château du Louvre, & un dans celle de notredit très-cher & féal Chevalier le Sieur CHAUVELIN, Garde des Sceaux de France, Commandeur de nos Ordres; le tout à peine de nullité des Présentes; du contenu desquelles vous mandons & enjoignons de faire jouir l'Exposant ou ses ayans cause, pleinement & paisiblement, sans souffrir qu'il leur soit fait aucun trouble ou empêchement. Voulons qu'à la copie desdites Présentes qui sera imprimée tout au long au commencement ou à la fin dudit Livre, foi ſoit ajoutée comme à l'original. Commandons au premier notre Huiſſier ou Sergent de faire pour l'éxécution d'icelles tous actes requis & néceſſaires, ſans demander autre permiſſion, & nonobſtant clameur de Haro, Chartre Normande & Lettres à ce contraires : CAR tel eſt notre plaiſir. DONNE' à Verſailles le quinziéme jour de Février l'an de grace mil ſept cent trente-ſix, & de notre Regne le vingt-deuxiéme. Par le Roi en ſon Conſeil.

SAINSON.

Regiſtré ſur le Regiſtre IX. de la Communauté des Libraires & Imprimeurs de Paris, No. 423. fol. 387. conformément au Reglement de 1723. qui fait défenſes article quatre à toutes perſonnes de quelque qualité qu'elles ſoient, autres que les Libraires & Imprimeurs, de vendre, débiter & faire afficher aucuns Livres pour les vendre en leurs noms, ſoit qu'ils s'en diſent les Auteurs ou autrement, & à la charge de fournir les huit Exemplaires preſcrits par l'article cent huit du même Réglement. A Paris le 18 Février 1737.

G. MARTIN, *Syndic.*

www.ingramcontent.com/pod-product-compliance
Ingram Content Group UK Ltd.
Pitfield, Milton Keynes, MK11 3LW, UK
UKHW020424180726
13839UKWH00003B/1380